U0068164

好累……

肚子好餓，噗！

怪力姐

肥嘴弟

從前從前， 忍豬三姐弟為了尋找
世界上最美味的料理， 正在到處旅行。
這一天， 他們不小心迷路了……

：「姐姐， 我餓得走不動了， 噗！」
：「姐姐， 快看！ 前方有一個村子。」
：「走吧！ 那裡說不定有暖呼呼的料理喔。」

虎菇鍋

文・圖 信子

快看！

大耳妹

忍ㄖㄣˇ豬ㄓㄨ三ㄙㄢ姐ㄐㄧㄝˇ弟ㄉㄧˋ又ㄧㄡˋ餓ㄜˋ又ㄧㄡˋ冷ㄌㄥˇ的ㄉㄜ˙來ㄌㄞˊ到ㄉㄠˋ了ㄌㄜ˙村ㄘㄨㄣ子ㄗ˙，
發ㄈㄚ現ㄒㄧㄢˋ村ㄘㄨㄣ民ㄇㄧㄣˊ們ㄇㄣ˙正ㄓㄥˋ忙ㄇㄤˊ著ㄓㄜ˙打ㄉㄚˇ包ㄅㄠ行ㄒㄧㄥˊ李ㄌㄧˇ。

🐱：「小ㄒㄧㄠˇ朋ㄆㄥˊ友ㄧㄡˇ！你ㄋㄧˇ們ㄇㄣ˙好ㄏㄠˇ！」
🐷：「貓ㄇㄠ咪ㄇㄧ婆ㄆㄛˊ婆ㄆㄛˊ您ㄋㄧㄣˊ好ㄏㄠˇ，請ㄑㄧㄥˇ問ㄨㄣˋ大ㄉㄚˋ家ㄐㄧㄚ在ㄗㄞˋ忙ㄇㄤˊ什ㄕㄣˊ麼ㄇㄜ˙？」
🐱：「每ㄇㄟˇ年ㄋㄧㄢˊ冬ㄉㄨㄥ天ㄊㄧㄢ，虎ㄏㄨˇ菇ㄍㄨ婆ㄆㄛˊ都ㄉㄡ會ㄏㄨㄟˋ下ㄒㄧㄚˋ山ㄕㄢ抓ㄓㄨㄚ動ㄉㄨㄥˋ物ㄨˋ來ㄌㄞˊ填ㄊㄧㄢˊ飽ㄅㄠˇ肚ㄉㄨˋ子ㄗ˙，
所ㄙㄨㄛˇ以ㄧˇ我ㄨㄛˇ們ㄇㄣ˙正ㄓㄥˋ準ㄓㄨㄣˇ備ㄅㄟˋ去ㄑㄩˋ避ㄅㄧˋ難ㄋㄢˋ天ㄊㄧㄢ堂ㄊㄤˊ。」

我ㄨㄛˇ們ㄇㄣ˙會ㄏㄨㄟˋ不ㄅㄨˊ會ㄏㄨㄟˋ被ㄅㄟˋ吃ㄔ掉ㄉㄧㄠˋ？

別ㄅㄧㄝˊ怕ㄆㄚˋ！不ㄅㄨˊ論ㄌㄨㄣˋ發ㄈㄚ生ㄕㄥ什ㄕㄣˊ麼ㄇㄜ˙事ㄕˋ，姐ㄐㄧㄝˇ姐ㄐㄧㄝ˙都ㄉㄡ會ㄏㄨㄟˋ保ㄅㄠˇ護ㄏㄨˋ你ㄋㄧˇ們ㄇㄣ˙！

什ㄕㄣˊ麼ㄇㄜ˙是ㄕˋ虎ㄏㄨˇ菇ㄍㄨ婆ㄆㄛˊ？聽ㄊㄧㄥ起ㄑㄧˇ來ㄌㄞˊ很ㄏㄣˇ好ㄏㄠˇ吃ㄔ，噗ㄆㄨ！

：「聽說虎菇婆原本是一顆虎頭菇，
修煉百年後變成了妖怪，
她有著黃黑相間的虎皮紋，
還有尖尖的爪子！」

一起去避難天堂吧！

有好吃的我就去！噗！

那裡就安全了嗎？

妹妹放心，有我在！

：「虎菇婆最喜歡吃胖胖的動物，
你們留在這裡很危險，不如和
我們一起搭巴士去避難天堂，
那裡既安全又有吃不完的美食，
你們一定會喜歡！」

貓咪婆婆開著巴士，
載著大家穿過樹林、越過高山，
終於趕在太陽下山之前
抵達避難天堂。

起點

這裡的食物堆得像山一樣高，忍豬三姐弟快要忍不住了！

哇！

天堂！

肚子餓了！

路上辛苦了，來到這裡就不怕被虎姑婆吃掉。今天你們是貴賓，請將行李交給貓咪姨婆，由我來為大家親自導覽吧！

裡面的點心想吃都可以吃喔！

真的是天堂！

為了煮晚餐， 貓咪婆婆請怪力姐幫忙劈柴升火，
但是一不小心就把木座劈成兩半。

貓咪婆婆只好先請肥嘴弟洗蔬菜，
沒想到食物卻越洗越少。

婆婆又請大耳妹幫忙切菜，
只看到大大小小的蔬菜滿天飛舞。

村民們也很熱心的幫忙捏包子，
沒想到包子外形變得千奇百怪。

廚房被搞得一團亂，貓咪姨婆決定重新砍木柴。

重新清洗蔬菜，再用利爪將菜切得整整齊齊。

貓咪姨婆們果然有練過——
嘿咻嘿咻，揉好老麵皮，
蔬菜、沙茶，全部包進去，
劈哩啪啦，升火燒滾水，
哇哈哈哈，胖胖包子蒸熟了！

沙茶醬　酵母　白糖　麵粉

好吃！

好吃！

來吃胖胖包，
吃吧吃吧，吃胖胖！
包你好運跑不掉！

吃！

🐷：「這ㄓㄜˋ個ㄍㄜˋ沙ㄕㄚ茶ㄔㄚˊ包ㄅㄠ子ㄗˇ太ㄊㄞˋ好ㄏㄠˇ吃ㄔ了ㄌㄜ！」

🐭：「好ㄏㄠˇ吃ㄔ到ㄉㄠˋ讓ㄖㄤˋ人ㄖㄣˊ忘ㄨㄤˋ記ㄐㄧˋ煩ㄈㄢˊ惱ㄋㄠˇ！」

🐷：「再ㄗㄞˋ多ㄉㄨㄛ我ㄨㄛˇ也ㄧㄝˇ吃ㄔ得ㄉㄜˊ下ㄒㄧㄚˋ，噗ㄆㄨ！」

忍ㄖㄣˇ豬ㄓㄨ三ㄙㄢ姐ㄐㄧㄝˇ弟ㄉㄧˋ和ㄏㄢˊ村ㄘㄨㄣ民ㄇㄧㄣˊ們ㄇㄣ，一ㄧ口ㄎㄡˇ接ㄐㄧㄝ一ㄧ口ㄎㄡˇ，

享ㄒㄧㄤˇ用ㄩㄥˋ美ㄇㄟˇ味ㄨㄟˋ的ㄉㄜ包ㄅㄠ子ㄗ晚ㄨㄢˇ餐ㄘㄢ，大ㄉㄚˋ家ㄐㄧㄚ都ㄉㄡ覺ㄐㄩㄝˊ得ㄉㄜ

這ㄓㄜˋ裡ㄌㄧˇ真ㄓㄣ是ㄕˋ快ㄎㄨㄞˋ樂ㄌㄜˋ天ㄊㄧㄢ堂ㄊㄤˊ！

吃完晚餐，貓咪婆婆帶著大家散散步。

🐱：「你們看，這裡是醬料工廠，
剛剛包子裡加的『喵頭牌沙茶醬』，
就是這邊生產的。不論什麼料理，
只要加上這個，就會變成人間美味！喵。」

我要拍下這些獨門配方！

沙茶醬好香喔！

這裡真神奇！

避難天堂裡竟然有工廠，總覺得怪怪的……

放心啦，咕！

1 製作沙茶醬，要先準備新鮮的扁魚、小魚乾、蝦米、花生等各種香料。

花生要先剝殼。

2 將食材切碎放進攪拌機均勻攪拌！

攪拌機

3 食材加入大豆沙拉油，翻炒出香噴噴的味道。

大豆

：「哇！ 還有按摩服務！」

：「為了讓大家更好吃⋯⋯，喔不，
我是說醬料除了好吃，
還能養顏美容喔！
請將身體抹上醬料， 揉一揉、 捏一捏，
肌膚就會更加滑嫩了， 喵！」

：「按摩完， 最適合一起泡『沙茶湯溫泉』，
沙茶湯加上蔬菜， 讓皮膚更加光滑喔， 喵！」

：「我從來沒泡過香噴噴的溫泉耶！」

：「咦？ 婆婆背上那個是黑色條紋嗎？ 噗！」

：「哎呀！ 只是沙茶沾到的， 別擔心。」

動物們邊泡著溫泉， 邊喝著婆婆準備的舒眠茶，
心情變得好放鬆， 漸漸的感覺睏了。

正當大家呼呼大睡時，
大耳妹從按摩區醒來了。

奇怪？大家怎麼都不見了？

奇怪！

花生粉池

「什麼聲音？」她張大耳朵，
聽到不遠處傳來說話聲。

怎麼辦！

吃大餐嘍！

：「各位虎菇婆，村民已經睡著了，
火鍋大餐可以準備開動嘍！」

原來貓咪婆婆是虎菇婆假扮的，
來避難天堂都是虎菇婆的計謀。
大耳妹越聽越害怕。

：「我得趕快叫醒大家！」
大耳妹緊張的逃走時，
不小心撞破罐子。

：「姐姐救命呀！
我要被吃掉了！」

一群虎菇婆從後面追了上來。

虎菇婆飛撲而上，
把大耳妹壓倒在地。

姐姐，救命！

就在這個時候……

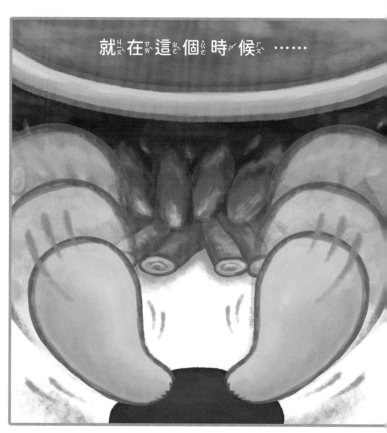

大耳妹施展忍術——
大耳朵越變越大，
還搧起龍捲風，把湯鍋吹倒，
大家從鍋子裡摔出來。

：「快醒醒！貓咪婆婆就是虎菇婆！」

動物們紛紛從睡夢中醒來。

咦？發生什麼事了？

我們怎麼會倒在地上？

竟敢壞了我的好事！吼！

虎菇婆見事跡敗露，決定不再假裝了。她們從水池舀了一桶一桶的水。

「嘿咻！嘿咻！嘿咻！」把這些水，通通倒在自己身上！

哇嗚！真的是老虎！

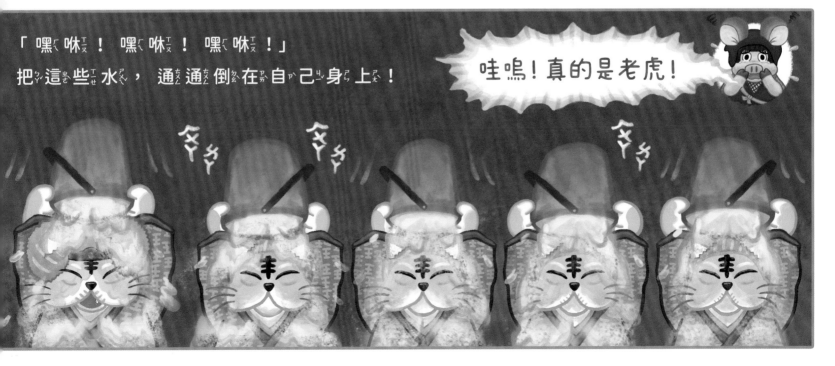

現出原形的虎菇婆
擺出招財隊形。

虎菇婆18銅虎

婆婆們敲鑼打鼓，
拿著麥克風唱情歌，不停的發出
「吼———吼———吼———」的虎吼聲。
「天啊！怎麼會有這麼難聽的歌聲？」
動物村民們聽到歌聲，一個個暈了過去，
忍豬三姐弟也快撐不下去了……

怪ㄍㄨㄞˋ力ㄌㄧˋ姐ㄐㄧㄝˇ醒ㄒㄧㄥˇ來ㄌㄞˊ後ㄏㄡˋ，趕ㄍㄢˇ緊ㄐㄧㄣˇ打ㄉㄚˇ起ㄑㄧˇ精ㄐㄧㄥ神ㄕㄣˊ，把ㄅㄚˇ力ㄌㄧˋ量ㄌㄧㄤˋ集ㄐㄧˊ中ㄓㄨㄥ在ㄗㄞˋ手ㄕㄡˇ臂ㄅㄟˋ上ㄕㄤˋ！

大ㄉㄚˋ耳ㄦˇ妹ㄇㄟˋ努ㄋㄨˇ力ㄌㄧˋ搖ㄧㄠˊ醒ㄒㄧㄥˇ姐ㄐㄧㄝˇ姐ㄐㄧㄝˇ。

她ㄊㄚ發ㄈㄚ動ㄉㄨㄥˋ肌ㄐㄧ肉ㄖㄡˋ忍ㄖㄣˇ術ㄕㄨˋ，輕ㄑㄧㄥ鬆ㄙㄨㄥ的ㄉㄜ˙
舉ㄐㄩˇ起ㄑㄧˇ大ㄉㄚˋ鍋ㄍㄨㄛ子ㄗ˙，利ㄌㄧˋ用ㄩㄥˋ鍋ㄍㄨㄛ子ㄗ˙的ㄉㄜ˙深ㄕㄣ度ㄉㄨˋ，
接ㄐㄧㄝ住ㄓㄨˋ虎ㄏㄨˇ菇ㄍㄨ婆ㄆㄛˊ們ㄇㄣ˙的ㄉㄜ˙可ㄎㄜˇ怕ㄆㄚˋ歌ㄍㄜ聲ㄕㄥ，
再ㄗㄞˋ將ㄐㄧㄤ聲ㄕㄥ波ㄅㄛ反ㄈㄢˇ彈ㄊㄢˊ回ㄏㄨㄟˊ去ㄑㄩˋ！
「那ㄋㄚˋ是ㄕˋ誰ㄕㄟˊ唱ㄔㄤˋ的ㄉㄜ˙？好ㄏㄠˇ難ㄋㄢˊ聽ㄊㄧㄥ的ㄉㄜ˙歌ㄍㄜ呀ㄚ˙！」
虎ㄏㄨˇ菇ㄍㄨ婆ㄆㄛˊ們ㄇㄣ˙聽ㄊㄧㄥ到ㄉㄠˋ自ㄗˋ己ㄐㄧˇ的ㄉㄜ˙歌ㄍㄜ聲ㄕㄥ後ㄏㄡˋ，
開ㄎㄞ始ㄕˇ頭ㄊㄡˊ昏ㄏㄨㄣ眼ㄧㄢˇ花ㄏㄨㄚ。

大耳妹抱緊肥嘴弟
讓他大口吸氣！

他連吃好幾口大蒜後，
不停吸氣，一、二、三，
肚子也越來越大。

「呼———」、「呼————」
「好臭哇！吼嗚！」
肥嘴弟使出口臭忍術，
噴出一大團臭氣。
討厭蒜味的虎菇婆
被薰得張不開眼睛。

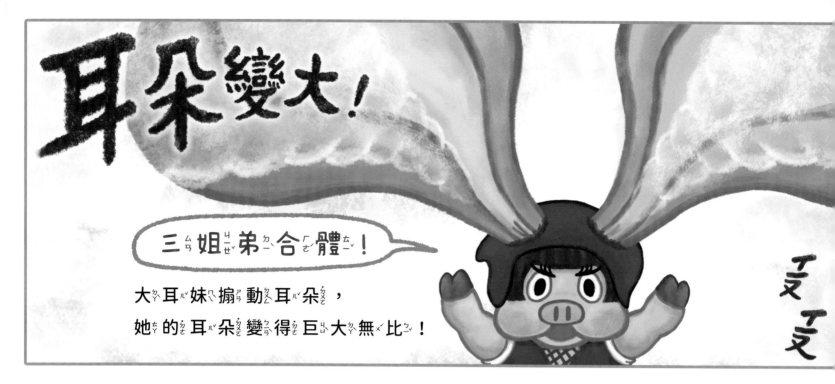

耳朵變大！

三姐弟合體！

大耳妹搧動耳朵，
她的耳朵變得巨大無比！

ㄒㄧㄡ ㄒㄧㄡ

ㄒㄧㄡ ㄒㄧㄡ

怪力姐舉起手，
她的手臂長出
一球球肌肉！

力氣變大！！

肥嘴弟大吸一口氣，
他的肚子變得又圓又鼓！

嘴巴變大！！！

ㄒㄧㄡ

忍豬三姐弟發現
虎菇婆全都消失不見了，
只留下一個巨大的「虎頭菇」！
地上還遍布著小小的虎頭菇。
口臭煙霧逐漸飄散，
村民一個個被臭醒。

大耳妹把他們大戰虎姑婆的事告訴大家。
村民們聽了都感動落淚。

感謝!

好險,我們沒被吃掉!

就在這時, 口渴的肥嘴弟喝了鍋子裡剩下的溫泉湯, 忽然發現這碗「沙茶湯」超級美味!

好喝!

「跟虎菇婆大鬥一場,
肚子又餓了, 噗!」

「哇! 沙茶湯和蔬菜加在一起,
營養均衡!」

「既然是虎菇婆煮的,
那就叫虎菇鍋吧!」

好喝~

搭配蔬菜剛剛好

鍋

福 鍋 鍋

果汁 冬瓜茶 醬油

好吃!

沙茶

香菜

芝麻 蘿蔔泥

蒜

青蔥 榨菜

醬料區

花生粉

辣椒

再來一碗!

平米安

滿

送走虎姑婆,吃虎菇鍋
團團圓圓又平安!

天空飄起了雪花,

大家一起動手整理環境,

大耳妹端出許多小煙囪鍋子,

邀請村民們一起享用火鍋大餐。

熱騰騰的沙茶湯, 放進新鮮的蔬菜和

火鍋料, 沾點喵頭牌沙茶醬,

簡直是天堂才有的美味啊!

從此，每年到了冬天，這個村子就會舉辦虎菇節，
在路上相遇，會互相問候「吃飽沒？」
親朋好友會圍在火鍋前，
一邊聊天，一邊享用美味料理，
也為彼此祝賀：
新的一年，祝大家平安快樂！

：「火鍋果然是世界上最美味的料理！」

：「但是，姐姐！我們已經吃了三個月的火鍋了。」

：「我還想吃吃看其他料理，噗！」

忍豬三姐弟一整個冬天，每天都吃得好飽好飽。
春天來了，他們告別村民，繼續踏上美食之旅。

國家圖書館出版品預行編目 (CIP) 資料

虎菇鍋 / 信子文. 圖. -- 第一版. -- 臺北市：
親子天下股份有限公司, 2024.01
56面；24x30.5公分. -- (繪本；349)
主要內容國語注音
ISBN 978-626-305-645-9 (精裝)

1. SHTB: 圖書故事書 -- 3-6歲幼兒閱讀

863.599   112020013

繪本 0349

虎菇鍋

文・圖｜信子

責任編輯｜張佑旭　美術設計｜林子晴　行銷企劃｜翁郁涵
天下雜誌群創辦人｜殷允芃　董事長兼執行長｜何琦瑜
媒體暨產品事業群
總經理｜游玉雪　副總經理｜林彥傑　總編輯｜林欣靜
行銷總監｜林育菁　資深主編｜蔡忠琦　版權主任｜何晨瑋、黃微真

出版者｜親子天下股份有限公司　地址｜台北市 104 建國北路一段 96 號 4 樓
電話｜（02）2509-2800　傳真｜（02）2509-2462　網址｜www.parenting.com.tw
讀者服務專線｜（02）2662-0332　週一～週五：09:00~17:30
傳真｜（02）2662-6048　客服信箱｜parenting@cw.com.tw
法律顧問｜台英國際商務法律事務所・羅明通律師
製版印刷｜中原造像股份有限公司
總經銷｜大和圖書有限公司　電話：（02）8990-2588

出版日期｜2024 年 1 月第一版第一次印行
定價｜500 元　書號｜BKKP0349P　ISBN｜978-626-305-645-9（精裝）

────────── 訂購服務 ──────────
親子天下 Shopping｜shopping.parenting.com.tw
海外・大量訂購｜parenting@cw.com.tw
書香花園｜台北市建國北路二段 6 巷 11 號　電話（02）2506-1635
劃撥帳號｜50331356　親子天下股份有限公司

立即購買 >

榴槤亂報

財團法人隨便認真發行　社長/編輯/送報員:信
76年隨便出刊・每刊5元　第677期・看當天心情

虎菇村　冬季限定　火鍋季

旅遊記者 信子 採訪報導

「虎菇村」火鍋 此生一定要來吃一次!

火鍋發跡之地「虎菇村」，每到冬至，便會舉辦為期一個月的祭典活動，店家推出各種口味的火鍋，其中最經典的就是忍豬三姐弟認證的沙茶火鍋。香濃滑順、清新香甜的沙茶湯底，搭配各種食材都非常美味。

忍豬三姐弟 獨家吃法

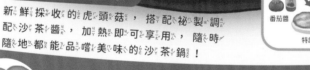

將火鍋料塗上草莓醬撒上肉鬆後，加顆半熟蛋!
半熟蛋　肉鬆　火鍋料　草莓醬

用海苔包著滿滿的火鍋料口感豐富多層次!
海苔捲

生菜上面放芒果、薯餅和火鍋料，包起來一起吃!

番茄醬　冰淇淋　特調沾醬
特調沾醬
番茄醬＋冰淇淋沾任何食材都美味!

回家前，別忘了外帶20個回家!

虎菇沙茶磚
新鮮採收的虎頭菇，搭配祕製調配沙茶醬，加熱即可享用，隨時隨地都能品嚐美味的沙茶鍋!

拜託你吃

現吃最美味!

以虎菇婆為造型設計的三款點心，添加了當地盛產的虎頭菇，風味獨特。

虎菇奶油雞蛋糕

虎菇包(花生、沙茶口味)

胖手指麵包

大胃王比賽 等你來挑戰!

祭典期間限定活動，勇得冠軍者享有終生免費吃火鍋的獎勵，錯過可惜!

每年重頭戲
火鍋大胃王!
再來一鍋!

「虎菇」加上「ㄛ」之後，就變成「火鍋」囉!

不可不知的虎菇鍋由來

據說虎菇婆最喜歡吃沙茶火鍋，取名「火鍋」聽說是「虎菇」諧音而來。自從虎菇婆被忍豬三姐弟擊退後已經不再出現，但吃火鍋的習俗還是流傳下來，演變成現在的火鍋節日。只要到了冬天，家家戶戶就會邀請親朋好友一起吃火鍋，象徵團團圓圓、平平安安度過一年。

虎菇婆　虎菇火鍋

虎頭菇

寒冷的冬天，來一場暖呼呼的

♨ 溫泉泡湯之旅

動物文化遺產「虎菇村沙茶溫泉湯」，不僅可以暖和身體，還具有養顏美容、強身健體的功效。

沙茶溫泉湯是天然沙茶湯加入許多有機蔬菜，細火慢燉熬製而成。泡湯時能吸收到天然營養，也被稱為「營養湯」或「美人湯」。有效促進血液循環，幫助身體新陳代謝。

五虎婆神社參拜

倒楣的人有福了！超靈驗五虎婆，幫你消災解難。

虎菇婆神社供奉好運五虎婆，每位都有主管事物，真心祈求必能招來好運。新年期間天天都有祈福大會，保佑大家身體健康、平安順利。

招財虎 　　招緣虎 　　招福虎 　　招安虎 　　小人虎
財運亨通　人氣桃花　事事順利　無病息災　消災避邪

暢銷周邊商品

沙茶溫泉 　虎菇小鴨 　虎菇神社 　開運招福 　虎菇牧場 　虎姑婆熱縮 　五虎婆扭蛋機
沐浴球 　　　　　　平安符 　　許願板 　　沙茶牛奶 　鑰匙圈 　　（共5款+1款特別款）

虎 ｜ 虎

虎姑婆的民間傳說

傳說中，深山裡的老虎精擅於偽裝成老姑婆，逕用花言巧語，欺騙父母不在家的孩子幫忙開門，只要一進門，就會把小孩子的指頭當零食吃得一點都不剩。也因此被喚作「虎姑婆」。